Mi biblioteca de física

Rápido y lento

Kaitlyn Duling y Pablo de la Vega

Rourke Educational Media
A Division of Carson Dellosa Education

rourkeeducationalmedia.com

CONEXIONES ROURKE

de la ESCUELA a la CASA

ANTES Y DURANTE LAS ACTIVIDADES DE LECTURA

Antes de leer: *construcción de los conocimientos del contexto y el vocabulario*

Construir los conocimientos del contexto puede ayudar a los niños a procesar nuevas informaciones y fortalecer los saberes que ya poseen. Antes de leer un libro es importante ahondar en lo que los niños ya saben sobre el asunto. Esto les ayudará a desarrollar el vocabulario e incrementar su comprensión lectora.

Preguntas y actividades para construir los conocimientos del contexto

1. Mira la tapa del libro y lee el título. ¿De qué piensas que tratará el libro?
2. ¿Qué sabes ya de ese tema?
3. Hojea un libro y echa un vistazo a sus páginas. Mira el índice, las fotografías, los pies de foto y las palabras en negritas. ¿Estas características del texto te dan alguna información o intuiciones acerca de lo que vas a encontrar en el libro?

Vocabulario: el vocabulario es clave para la comprensión lectora

Sigue estas indicaciones para iniciar una conversación acerca de cada palabra.

- Lee las palabras del vocabulario
- ¿Qué viene a tu mente cuando ves cada palabra?
- ¿Qué piensas que significa cada palabra?

Palabras del vocabulario:

- *energía*
- *fuerza*
- *gravedad*
- *velocidad*

Durante la lectura: *leer para entender y encontrar significados.*

Para lograr una comprensión profunda de un libro, hay que animar a los niños a hacer uso de estrategias de lectura atenta. Durante la lectura, es importante que los niños hagan pausas y conexiones. Dichas conexiones dan como resultado análisis más profundos y un mejor entendimiento del libro.

Leyendo con atención un texto

Durante la lectura, pide a los niños que hagan una pausa y hablen de lo siguiente:

- Cualquier parte confusa.
- Cualquier palabra desconocida.
- Texto con texto, texto con uno mismo, texto en conexión con el mundo.
- La idea principal de cada capítulo o encabezado.

Anima a los niños a usar claves contextuales para determinar el significado de cualquier palabra desconocida. Estas estrategias ayudarán al niño a aprender a analizar el texto de manera más completa durante la lectura.

Cuando acabes de leer este libro, ve a la última página para encontrar una **actividad posterior a la lectura.**

Índice

Lleno de energía

¡Apresúrate! ¡Desacelera! Rápido o lento, s
necesita **energía** para moverse.

Nuestros cuerpos obtienen energía de la comida.

¡Podemos mover el cuerpo rápido!
Podemos moverlo lento.

Usamos energía para cambiar nuestra velocidad.

Los objetos no tienen energía propia.

Para cambiar la velocidad de un objeto, se debe aplicar una **fuerza**.

Rápido y lento

Empujo mi patineta. Se mueve lento.

La empujo más fuerte. Se mueve más rápido.

¡Jalemos las carretillas! Una está vacía. La otra está llena.

¿Cuál necesitará más fuerza para moverse?

Un objeto ligero cambia de **velocidad** más rápido que uno más pesado.

Empujo un columpio vacío. Se mueve rápido.

Mi amiga se sube al columpio. Lo hace más pesado.

Ahora se necesita de más fuerza para balancearlo rápido.

Empujar y jalar

La **gravedad** jala las cosas hacia el piso.

Jalamos un trineo cuesta arriba.
Se mueve lento.

Lo empujamos cuesta abajo.
Se mueve rápido.

Rápido o lento, empujar o jalar hace que las cosas se muevan.

Glosario fotográfico

energía: la capacidad de algo para hacer un trabajo.

fuerza: cualquier acción que cambia la forma o el movimiento de un objeto.

gravedad: la fuerza que jala las cosas hacia la Tierra y evita que floten.

velocidad: la magnitud con la que las cosas se mueven.

Actividad

Divirtiéndose con rampas

¿Cómo se mueve un objeto yendo hacia abajo en una rampa? ¿Cambiar la rampa hará cambiar la velocidad del objeto? ¿Por qué?

Qué necesitas

piezas de cartón gruesas
libros o bloques
canica roca lápiz pelota

Instrucciones

1. Haz tres montones de libros o bloques, uno bajo, otro mediano y otro alto.
2. Recarga cada pieza de cartón en cada uno de los montones, para hacer tres rampas.
3. Por turnos, haz que la canica, la roca, el lápiz y la pelota bajen por las rampas.
4. Observa: ¿Qué objeto rueda más rápido? ¿Cuál más lento? ¿La altura de la rampa afecta la velocidad de los objetos?

Índice analítico

Sobre la autora

Kaitlyn Duling es una lectora y autora consumada que creció en Illinois. Ahora vive en Washington, D.C. Kaitlyn ha escrito más de 60 libros para niños y adolescentes. Puedes conocer más acerca de ella en www.kaitlynduling.com (página en inglés).

Actividad posterior a la lectura

Pon música. Descubre si puedes mover tu cuerpo a la velocidad de la canción. Primero, pon una canción rápida. ¿Puedes saltar y bailar rápido? Luego, pon una canción lenta. ¿Puedes bailar y girar al ritmo de la música lenta?

Library of Congress PCN Data

Rápido y lento / Kaitlyn Duling y Pablo de la Vega
(Mi biblioteca de Física)
ISBN 978-1-73162-950-0 (hard cover - spanish)(alk. paper)
ISBN 978-1-73162-942-5 (soft cover - spanish)
ISBN 978-1-73162-956-2 (e-Book - spanish)
ISBN 978-1-73163-365-1 (ePub - spanish)
ISBN 978-1-73161-410-0 (hard cover - english)(alk. paper)
ISBN 978-1-73161-205-2 (soft cover - english)
ISBN 978-1-73161-515-2 (e-Book - english)
ISBN 978-1-73161-620-3 (e-Pub - english)
Library of Congress Control Number: 2019945572

Rourke Educational Media
Printed in the United States of America,
North Mankato, Minnesota

www.rourkeeducationalmedia.com

Edición: Keli Sipperley
Producido por Blue Door Education para Rourke Educational Media
Traducción: Pablo de la Vega
Edición en español: Base Tres

Photo Credits: cover logo: frog © Eric Phol, test tube © Sergey Lazarev, cover tab art © siridhata, cover photos: huskies © By anetapics, pulling sled © majatoni, page background art © Zaie; page 4 © Monkey Business Images, page 5 © Africa Studio; page 6 © Sergey Novikov; page 7 © CreativeZone; page 9 © ingae; page 10 © Nataliia Zhekova; page 11 © Matthew T Tourtellott; page 12 © Margo Harrison; page 13 © Serenko Natalia; page 15 © Zoeytoja; page 17 © Andrey Arkusha; page 18 © m.kru; page 19 © Soloviova Liudmyla; page 20-21 © Becky Wass. All images from Shutterstock.com.